HERETICUM

HERETICUM

ADRIANA I. GORDILLO

Valparaíso
EDICIONES

Número 411 de la Colección VALPARAÍSO DE POESÍA
dirigida por FEDERICO DÍAZ-GRANADOS

Diseño de la colección: Chari Nogales

Primera edición: abril de 2024

© De los poemas: Adriana I. Gordillo
© Imagen de portada: Daniela Gordillo

© Valparaíso Ediciones
    C/ Fray Leopoldo, 7 bajo, 18014 Granada
    www.valparaisoediciones.es

ISBN: 978-84-10073-35-7
Depósito Legal: GR 536-2024

Impreso en España - *Printed in Spain*
Gráficas Gami

HERETICUM

PRIMERA PARTE

LA PRIMERA CREACIÓN

En el principio todo era oscuridad.
Un velo aterciopelado
de una calidez dormida
cubría cada rincón de la existencia.

Tu piel y mi piel
tu hígado y el mío
mi sexo y el tuyo
no conocían pronombres

Posesivos
Demostrativos
Personales
Relativos

Y Dios, atemorizado
necesitado
urgido de límites
dijo:
¡Hágase la luz!

TIAMAT

Antes de la creación
Él, o *him*, vagaba por las aguas
embebido en sus rezos
erigiendo muros de palabras.

Ellas. Sí, ellas
parieron al creador
al sonámbulo idiota
de la autoridad sin nombre.

Ellas. Sí, ellas
llenaron a la serpiente de vida
moldearon el aire de placer
y sus cenizas aliviaron el dolor
del olvido.

Antes de la creación
Ellas. Sí, ellas
vibraron en el sueño
de un nombre ajeno.

Antes de la creación
Ellas. Sí, ellas
hirieron sus alas en la noche eterna
y vencidas por el vagabundo
esperan, hoy, tu plegaria.

PRE HISTORIA*

El Ser comprendió que su prisionera había escapado
del mundo sin memoria al que la condenó.

Una voz callada y nostálgica salió de esa garganta
por tantos años adormecida.

—Te he buscado desde antes del tiempo.
Me desperté en las ruinas de un mundo arcano,
de luz tenue y...
...y edificios de aristas redondeadas, aglomeradas,
   abandonadas...

Deambulé por surcos húmedos,
infestados de alimañas que parecían
lamer los edificios vencidos por el tiempo,
hasta devorarlos.
¿Dónde estabas tú? ¿Qué sucedió con mi obra? ¿Aún viven?

El Ser no evitó su mirada interrogante.
Ya no recordaba el motivo de su traición.
Por qué la había confinado
a ese espacio fuera del tiempo,
al espacio del signo,
al lugar del miedo y
la prohibición.

El horror del olvido lo paralizó.

---

* *Letras Femeninas*. Dec./ Ene., 2011-2012, 203-208.

A su mente llegó el recuerdo de la pareja
frente al árbol,
del primer encuentro
entre la creadora
y su obra.

El recuerdo del instante en que Él,
espectador impasible, maestro del NO
escribió la historia condenándola a ella
a la de figura serpentina,
a la creadora del mundo,
al vacío de la memoria.

LA SAGRADA ESCRITURA I

Las palabras se retorcían
y en la distancia, el maligno
confundía a los profetas.

LA SAGRADA ESCRITURA II

Tu mundo fue construido
sobre los miedos de un ser enfermizo
inestable, violento y frágil, tu mundo
es emanación de una mente trastornada.

Tu mundo, mi mundo
se concibió en el fuego desahuciado
de una madrugada yerma. El pecador, atormentado,
deliró y se escribió a sí mismo, ebrio de dolor.

Cuando comprendió su humanidad
te estampó una digna bofetada
te arrebató del sueño
entre lágrimas y una carcajada seca.

Criatura aciaga, te condenó a su yugo
fraguó tu escrupulosa jaula de palabras
arrebató tu canción solitaria
y la desperdigó en un mar lleno de fisuras.

EL EVANGELIO APÓCRIFO

Llorando, la salvadora regresó a la tierra,
llorando, acompañada de sus amantes,
llorando ante la memoria distraída
de una fábula moribunda, llorando.

Llorando, escupió en el circo de límites que encontró
por ahí, regados, esparcidos en mil archivos de dolor.

Llorando, consagró su libertad frente a un cáliz inverso que,
abandonado, encontró en la cima de una canción sin nombre.

EL SECRETO EN LAS LETRAS

Ella se esconde en las cuatro letras sagradas.
De ahí la prohibición, la mística negación
a decir su nombre y la contradicción de venerarlo.

You Hide Within Him.
Ya Hoy Vienes, Hacedora.

CULPABLE

Las hojas de belladona vibran pobladas de flores
ateridas Moiras extraviadas en un bosque azul,
cuyas pupilas dilatadas, venenosas,
ocultan en una jaula esférica, la canción del Ha-Satán.

Misericordioso príncipe del exilio
a quien sabemos perdido en el Edén
oculto tras la lujuria de un hombre frágil
doblegado por la visión de una mujer impía.

Tu raza infame, culpable de razón
tolerante de dolor, enferma de placer
Se diluye entre la hojarasca y el barro
que dormitan al pie del árbol del juicio.

Vencida, tu raza llora su desventura
se hace literatura, se llena de memoria
y desaparece de este mundo agonizante
dejando al Resucitado la tarea
de reinventar tus miedos y justificar tu odio.

DESDE EL ABISMO

La luz rodaba cuesta abajo
macerándose de roca en roca
y entre cada tajo, devorabas triste las nacientes
espinas de un abismo amargo.

Tú, herido y sin alas, silencioso
orabas, me suplicabas, deambulabas solo
por cada recodo de aquel navío triste
que ayer olvidé en un lago sin fondo.

Desde allí me amabas.
Cuando me rogabas, yo te negaba.
Cuando me pedías, yo te ignoraba.
Cuando me olvidaste, te lloré.

AŠTART

¿Y de dónde acá te convertiste en el demonio?
Pobre Venus
siempre cambiando,
siempre subiendo
siempre cayendo,
como un ángel
a quien dios continúa siempre
empujando al vacío.

A-SA-SA-RA

Adoradora sin cabeza
guardiana de Cnosos
dadora de vida
renovadora de la muerte

Oh diosa de la serpiente
Pregúntale...
¿En qué lugar se enamoró de ti?

LA DIOSA SIN CULTO

Había una vez, en Oriente Medio,
una pobre diosa sin culto.
Hija de las aguas primigenias,
Ki, era una con el cielo.

Montaña sin cima
obligada a parir el alba
la pobre Ki fue despojada
de su lugar en la creación.

Destronada, divorciada del cielo
sin culto, escondida entre líneas
su nombre apenas mencionado
entre cuñas y tablillas.

Tierra fértil, Ki,
tierra olvidada,
diosa sin culto,
¿Qué sería de ti,
de haberte hecho historia y no leyenda?

¿De qué atenciones gozarías, oh pobre Tierra,
de haberte hecho rito y ley,
de haber esquivado el uso y el abuso
que en ti fraguaron
los herederos de Abraham?

RECETA

A 1 taza de Circe
agregar ¼ de Artemisa
3 gotas de Hera
y cocer a fuego lento.

Una vez lista la masa
espolvorear un puñado de Afrodita
hasta cubrir la superficie.

Decorar con unas ramitas de Perséfone
y servir en bandeja de Iris.

Acompañar con una copa de Eva bien helada y,
de postre,
servir un pudín de chocolate
con una pizca de Kali.

Atención:
No abusar de Kali.
Su uso en exceso puede llevar
a la completa destrucción de la cena.

Servir al gusto a cada mujer
deseosa de encontrarse a sí misma.

SEGUNDA PARTE

LILITH

Lilith se sentó junto al abismo
sin temor, desnuda, y
embriagada de un placer estéril,
su divina solución frente a este mundo impuro.

El ser la acechaba desde las profundidades y
convencido de su santidad, decidió poseerla.
Orgulloso, desplegó sus alas blancas,
se lanzó de cabeza al cielo y la violó.

Lilith parió los mil demonios que pueblan la tierra.
Entretanto, el dios del volcán se instaló en su nuevo
trono
desde donde dirige las hordas de incautos
que, ciegos, vieron en su hijo la salvación.

LA CAÍDA

Eva se levantó
llena de curiosidad,
y adolorido su sexo
de tanto amar a Lilith.

De tanto amarla
se olvidó de sí misma
de amarla tanto se entregó
sin saberlo al vacío.

EL SALVADOR

Los cuencos vacíos se llenaron de vino
en la habitación cerrada.

Los viñedos florecieron y dieron fruto
en cuestión de horas.

Los alimentos se multiplicaron
y las mujeres lo siguieron sin reparo.

Dionisio
era el tres veces nacido.

MOLY

Ya verás
cuando la prueben,
se embriagarán de placer.

Danzarán y copularán, reirán
invadidos por el éxtasis
se convertirán en cerdos.

Así habló Circe mientras preparaba la cena.

WOLUNKA

—¿Quién eres, Wolunka?
—Soy la joven que recibió una flecha en su vagina.
Soy el orificio plegado, los labios
cuyo lenguaje devora, ávido,
la ley forzosa del padre.

Soy la bailarina que agita sus pechos
quien renace mes a mes en las aguas primigenias
de un vientre ya dispuesto, ya fecundo.

—Ok, pero ¿quieres al espíritu maligno?
¿A los gemelos fisgones cuyas flechas rasgaron tu ser
    desde el Espanto?

—No. Los desprecio.
Los gemelos se fundieron con la cruz y con la selva del este,
con la magia esclava de aquí, de allá y de acullá,
con las plegarias al dios de aquí, de allá y más allá.

Por eso hoy,
reniego de mi útero,
de mi intención de crear.

Condeno mi ser al fuego eterno
para que vibre, por siempre,
la magia del deseo en mi vulva ardiente,
aislada, perdida en un cuerpo mutilado
desposeído de su herencia.

Un cuerpo no gestante
y, aun así,
y aunque les duela,
Mujer.

EL MOMENTO DE LA LUNA

Cuando los ríos de la muerte fluyen
desde tus entrañas
los hombres te repudian
te impiden el contacto
contigo misma
con el mundo.

Cuando los ríos de la muerte se desbordan
y se alejan de ti
los hombres temen tu presencia
y te llaman enferma
        portadora de miseria.

Cuando los ríos de la muerte te abrazan
es el momento de la luna
y tu sexo vibra de placer
y la creación vacía se desliza por tus venas
potente
y los hombres...

Olvida a los hombres
su temor veló el poder de los días de la muerte
y te entregó al exilio
una vez, cada mes
para que el reflejo siniestro de sus demonios
se alimente de tu especie.

LA CONDESA EN EL ESPEJO

La nieve cubría la tierra
por donde se deslizaba el carruaje
de la condesa adormilada.

La vi entre sueños
Mi mirada la abrazó
la envolvió en sueños de placer.

El éxtasis la despertó, la devolvió al mundo
con un grito de pasión frustrada
y su mirada se posó sobre mi cuerpo, aún vivo.

El sirviente intuyó qué hacer, sin vacilación
su rostro impávido me condenó
desde el castillo hasta mi tumba de hielo.

Me desnudó
me enterró en medio del viento
me convirtió en estatua.

El agua manaba de sus brazos.
Así la recuerdo, serena
mientras cada poro de mi ser abrazaba su destino.

Y yo, aquí, efigie de hielo
la veo partir
hacia el Csejte vará.

Renacida Pigmalión
creadora de una nueva raza de hembras
redentoras del mal.

DARVULIA

Danos el secreto
de la eterna juventud.
Danos el secreto
de la belleza eterna.

Las vírgenes se disolvieron
gozando de su sexo intacto
en los aposentos de la loba
de Hungría.

NATURALEZA MUERTA (PRELUDIO)

–Me alimento de otras vidas.
–Eres humano. Replicaron los vampiros.

AQUELARRE[*]

"As for human beings, Zeus sent them woman,
that 'beautiful evil'"
MIRCEA ELIADE
A HISTORY OF RELIGIOUS IDEAS, I, 256

Las mujeres corrían y danzaban desnudas
por el parque, alrededor de la hoguera
mientras
el policía se masturbaba en la patrulla,
llamando a la estación por refuerzos
contra aquel desorden púbico.

* Revista Literaria *Alborismos*. Diciembre 2022, Año IV/Nº10, p.16.

ADIVINA, ADIVINADOR

Feminismo va…
Feminismo viene…
Y los quehaceres del hogar
¿Adivina quién los tiene?

#METOO

¡Y las hijas de la tierra se levantaron!

RAZÓN

Asesina de dioses
liberadora de hombres
partidaria de mujeres.

TERCERA PARTE

EL SERMÓN DE LAS ESFERAS

Y creó Dios al hombre a su imagen, a imagen de Dios lo creó;
varón y hembra los creó
GÉNESIS 1:27

Bienaventurados los andróginos
porque en ellos se refleja la Creación.

Bienaventurados los que fluyen
porque de ellos es el reino de la tierra y de ellos el placer
    profundo.

Bienaventuradas las esferas del sol, de la tierra y de la luna
porque en ellas vive la Divinidad.

Bienaventurados ustedes, que ahora sufren
su nombre proscrito por aquellos cuyas suturas
fragmentos de una fábula cercenada
se condenaron a la falacia de la Normalidad.

LA GUERRA DEL SEÑOR

Los cuerpos desvalidos se abrazan
evadiendo, sin amparo
la tempestad de obligadas oraciones.

En el país del norte, la lluvia de balas piadosas
se acostumbró a su propio eco
desplegando, sin esperanza, las huestes de su propia cría.

Los muertos se olvidaron de su asesino
y los vivos lo perdonaron
a cambio de proteger sus armas.

ORACIÓN AL PADRASTRO

Padrastro mío que estás en tus dominios,
desprestigiado sea tu Nombre;
porque nadie creyó a mi madre
tu abuso,
tu robo,
tus golpes y mi hambre.

Váyase a otros tu Reino;
ahora que tu mano ya no levantas
que tu silencio no me azota
y tus bolsillos no me gobiernan.

Ahora
hoy
hágase mi voluntad
en la tierra como en el cielo.

Dale a quienes te soportan hoy
su pan de cada día
mantén el velo sobre sus ojos
y condénalos a la ignorancia
porque yo
no perdono vuestras ofensas,
como tampoco mi madre perdona tus abusos
tú, que tanto nos ofendes
no caeremos en la tentación,
del olvido
y poco a poco
nos libraremos de tu mal
Amén.

DIÓCESIS*

El dios del beso se ocultó entre los rincones
de un antiguo vicariato.
Se posó, delicadamente,
entre dos evangelios olvidados.

Cuando se cansó de su soledad,
comulgó entre las piernas débiles
de un niño distraído, necesitado
de aprobación.

Los engendros del dios de la carencia,
ataviados de negras túnicas
se acercaron al altar
y frente a corporales y vinajeras, derramaron sus quejidos
sobre las aristas punzantes del libro profanado.

* Revista Literaria *Alborismos*. Diciembre 2022, Año IV/Nº10, p.16.

EL ÁRBOL

El árbol era la serpiente
   Y la serpiente era Dios
      Y los hombres cortaron el árbol
         Y se inventaron un nuevo dios

      Y continuaron cortando árboles
      Y construyendo ciudades
      Y devastando la tierra
   Y desangrando
Y destruyendo
   Y degollándose uno a otro

Hasta que no hubo más árboles

Y Dios dijo:
"Hijos ¿por qué me han abandonado?"

RÉQUIEM POR UN MUNDO

El fantasma mira hacia atrás
al mundo en silencio
árboles esqueléticos resisten
el llamado de los cielos
teñidos de un ocre descolorido.

Señora de la tierra
Bríndales el descanso eterno.

Ríos moribundos
lechosos y putrefactos
penetran el océano triste
asqueado, gimiente cementerio
primer y último refugio
de la bestia humana.

Señora de la tierra
Bríndales el descanso eterno.

Los hijos del Supremo hoyaron los campos
levantaron sus brazos al cielo
los muros, escritos en la piel
dividieron el camino
que conducía hacia el paraíso de las mil voces.

Señora de la tierra
Bríndales el descanso eterno.

Los condenados se inmolaron
en la soledad de sus temores
se cobijaron en plegarias vacías
abanderados de un artífice
temeroso del vacío
ególatras, destructores, amantes del caos.

Señora de la tierra
Bríndales el descanso eterno.

Cubiertos bajo un halo de bondad
invadieron, hirieron, impusieron
violaron, esclavizaron, profanaron
reinventaron, reescribieron, reprimieron
borraron, consumieron, devastaron
y orgullosos, se proclamaron el Bien.

Justiciera Señora de la tierra,
Permíteles el descanso eterno.

¿DE QUÉ NOS SIRVE BENDECIR?
(JOY HARJO)

Cuando ya no hay lluvia
ni hay gaviota en el atardecer
Si no hay brotes en las plantas,
y en silencio trina el cuervo
¿De qué nos sirve bendecir?

Cuando el dolor es la constante
de una casa sin valor
Si la dignidad de un árbol
en arena blanda muere impresa
¿De qué nos sirve bendecir?

Cuando la noche huye
cediendo a la luna su espanto
al ver que un cielo de metal, siniestro
se desploma sobre escuelas, ríos y desiertos
¿De qué nos sirve bendecir?

¡Bendice, bendice! ¡Reza y reza!
Bendice mientras exiges armas
e inventas guerras
Bendice mientras al prójimo
con tus rancias normas sofocas
Reza mientras al chico exploras
Reza cuando a la Tierra, desposeído
tengas de tus actos que dar cuentas.

HOY*

Ayer nos creímos inmortales.
Mañana, nos inmolaremos en el estallido
de nuestras armas.

Ayer nos creímos sabios.
Mañana, nos disiparemos en la catástrofe
de nuestra avaricia.

Ayer nos creímos impolutos.
Mañana, nos fundiremos en la inmundicia
de nuestra creación.

Ayer nos creímos fieles.
Mañana, nos olvidaremos
del evangelio que nos parió.

Ayer, ayer,
ya olvidamos el ayer
y nos posamos en el espacio entre la H y la O.

* Revista Literaria *Alborismos*. Diciembre 2022, Año IV/Nº10, p.15.

CREDO

Creo en la Naturaleza, creadora de aves y lirios,
de lo evidente y lo intangible, del murmullo de un río
desecado.
Creo en la Naturaleza, señora de la Tierra, creadora de
sí misma.
Diosa de dioses, luz que acaricia la oscuridad, envidiosa
de la paz
de su regazo.

Creo en la Naturaleza, hija de nadie, obsesiva madre
redentora del azar,
violenta tempestad sin plan, sin oración y sin profeta.
Creo en la Naturaleza, prolífera, atemporal reina
de mares ignotos.

Naturaleza, eres el espíritu que da vida a una música
enardecida,
cuya melodía, celosa, prefirió fugarse del desierto en
donde nació,
como todo y sin razón, Naturaleza, tu verdugo bípedo.

PLEGARIA DEL ARTISTA
(RIMBAUD)

Concédeme la calma celestial, dios de la desdicha.
Concédeme la fuerza de los santos ya olvidados
y escóndeme tras la farsa perpetua de esta vida.

Concédeme la oración perdida, la que lancé al abismo sin rezar.
Concédeme el vespertino vendaval con el que tallaste la mar
y protégeme del delirio prohibido en esta, tu ciudad criminal.

Concédeme, dios de fuego, el polvo de tu tierra seca.
Concédeme la dicha del fango, el perfume de la sangre
y llévame como una plaga a doblegar el buen sentido.

¿MAGNÍFICAT?

Proclamó su grandeza el señor,
alegre su espíritu, creyéndose el salvador
después de humillar a su mujer, su esclava.

Sus amigos lo felicitaron por su hombría
y su descendencia, afianzada en su rol devastador, por siglos
se aferró a su obra, la proclamó ley, norma y misericordia.

Su brazo levantó, certero, muros de dolor,
construyó a su alrededor, un mundo lleno de razón,
de golpes e insultos pertinaces que ella, fiel, respetó.

Él, rico, ella, humilde, nosotros, ciegos respetuosos
    de su intimidad,
justificamos su dolor, hasta que un día, ella y otras
    y muchas más
se rebelaron y se proclamaron libres del espejo,
    del alma de María.

BENDICIONES
(BAUDELAIRE)

Los demonios del fuego abrazan
a su bestia favorita:
el humano hincado frente a ti, Señor,
bestia repetidora de frases huecas
bestia repartidora de ráfagas de plomo.

Bendiciones perdidas en un laberinto
tapizado de indiferencia.
Bendiciones que resuenan,
como dijo el chileno,
entre palabras sin eco.

La bestia humana
ignorante, confiada, orgullosa
es el verdugo predilecto de las tinieblas
en las que se oculta
bajo el amparo de un incontestable Dios.

Bendiciones condenadas
llenas de impurezas
bendiciones que resuenan,
en la carcajada seca
de un Dios burlón.

CUARTA PARTE

ESCRITURA

—¿Jugamos a escribir?

—¡No repitas tal blasfemia! espetó el ángel, espantado.

—No entiendo, ¿por qué temes el juego de las letras?

—¿Qué no lo sabes? Es el desafío del Señor.

EL LENGUAJE DE LAS FLORES

Los ángeles eluden el lenguaje de las flores
porque en ellas se esconde el Maligno
extasiado en la música secreta que nace de su aroma.

El lenguaje de las flores es sabio.
Intuye la muerte de quien las dibuja
y les invita a guardar silencio ante tan fútil espectáculo.

Los ángeles le temen al lenguaje de las flores
porque su dolor mudo alimenta al maloliente cadáver
en un cementerio huérfano.

Cuando los ángeles reciben flores
su lenguaje los lacera, les abre las carnes
y los ángeles se atormentan con su canto desconocido.

IDENTIDAD

A fin de cuentas, no sé quién soy
si el espejo o el que se mira
si la creación o el expulsado
si el arquitecto del mundo o su destrucción
si el redentor o su apocalipsis
¿Y qué más da, si todo es hoy oscuridad?

LA GRUTA

Durante una caminata por el bosque
encontré una caverna cuyo exterior,
cubierto de un limo viejo
parecía invitarme a su interior.

Una vez en el subsuelo
se apoderó de mí un miedo antiguo
compañero del silencio húmedo
vencido por el chas-chas de mis pasos
confundidos con el agua oscura del lugar.

La sinuosa gruta se abrió ante mí y lo vi
frente al fuego,
acosado por las sombras,
palideciendo.

Bailando sin temor a una arritmia severa
el Lenguaje me miró de cabo a rabo,
se alejó sin hablarme y me dejó
perdida en su prisión
sin saber qué decir.

LA CANCIÓN DEL FUEGO

La canción del fuego
se obsesiona con su imagen
la abraza titilando
y se desborda de dolor
al ver sus cenizas desahuciadas.

ACÉFALO
(GEORGE BATAILLE)

Odió la poesía de dios.
Abrazó los recónditos cubículos del mal
en una biblioteca imaginada.

Fragmentos de un desorden vital
forzaron las estocadas
de un torero atormentado por su mirada.

Fotografías descoloridas se inmolaron
condenando al lector
culpable de su rutina mística.

Religión del vacío
ciencia de Sade y Genet, lenguaje de ilusión
condenado a una ceremonia ignota.

Dios en el espejo, escritura demoníaca
encadenada a un viejo pensamiento
transgresor de un lenguaje olvidado.

Odió la poesía del mal
excedido en el placer de la muerte
insondable potencia reveladora de lo imposible.

Poseído por el lenguaje de un siglo sentenciado
arte resquebrajado
por la negación de sus propios límites.

ACOMPAÑANDO A MALDOROR

Tú, joven, no desesperes, pues, pese a tu opinión contraria,
tienes en el vampiro un amigo.
ISIDORE DUCASSE,
PRIMER CANTO DE MALDOROR

I

Lo vi en la distancia.
Una mueca pálida y alarmada
atravesada por hilitos de sangre
recorría la campiña.

Los aleteos de la lechuza
jirones de viento helado
anticiparon su llegada a la caverna.

La cámara funeraria lo acogió
en un abrazo infernal
ciego y poblado de sanguijuelas
que se deleitaban en los restos del banquete.

Lo seguí con prudencia.
Los espectros husmeaban por el sendero
víbora condenada, empedrada de cadáveres.

Los infantes de piel desgarrada, ya podrida
se fundían con la hiedra de aquel cementerio
erigido sobre el temor de quienes vieron en las armas
la salvación de su libertad.

Adolescentes desesperados dilataban su cuerpo
lo embriagaban de un placer austero
envenenando la planicie contra el viajero herido.

Temí acercarme, mas el irresistible placer del infinito
me arrastró a sus alas hambrientas, asesinas de dios
reveladoras de una razón postrada ante la tortura
de un mundo enraizado en la locura del mañana.

II

El canto primero se diluyó en el infinito
y la Bestia del bosque rasgó su máscara
buscó, atormentado, la entrada al abismo
sin comprender
la naturaleza de este mundo.

La Bestia huyó de las lágrimas
de un niño enclenque
La humanidad, temiendo el contagio de su pobreza
despreció al niño
mientras se arrodillaba frente al Creador
dándole gracias por su benefactora protección.

La Bestia miró al monstruo de doble sexo
alienándolo, apaleándolo, asfixiándolo,
privándolo del contacto humano
se alejó de su sabiduría,
perdió su dulzura,
despreció su conocimiento,

repudió su caridad
y la encarnación del ángel,
el hermafrodita
se alejó en silencio
y su lámpara de aceite
se desvaneció en el horizonte.

III

El Creador, ebrio de vanidad
dio por terminada su obra.

En medio de su borrachera,
se extravió por un laberinto
de ciénagas pestilentes
aposentos del conde.

Lo miró a los ojos, sediento de mal.
El conde, según él mismo cuenta,
le ofreció al Gran Todo
su visión del mundo.

Mil puertas se llenaron de lenguaje
Mil puertas se hicieron su enemigo
Mil puertas
y el Gran Todo
abandonó su prole.

IV

No estás solo.

Los baobabs están llenos de piojos
y tú, cadáver ambulante
reflejas tu odio en un espejo
escrito en arábigas sinuosidades.

No estás solo.

Tú, cantor, bebes el alma de tu linaje
Preparas la rebelión sin comarca
atemorizado lector de un bajel sin rumbo.

No estás solo.

Ya pronto alcanzamos los 8 billones.

V

Defensor de tu desvarío
ahogado en el espejo de tu escritura
te conviertes en una araña demacrada.

Y preguntas
¿De dónde viene el jinete
acosado por el cadáver de un niño ciego?

Las monstruosas alas del ángel

cayeron silenciosas sobre el lector
atento a descifrar el enigma
de imágenes grotescas.

VI

Conclusión:

$$\frac{\text{Humanidad} + \text{Creador x (pluma)}^{\text{Monstruosidad}}}{\text{Lector} \quad + \quad \left[\dfrac{\text{ingenuidad}}{\text{disgusto}} \right]} = \text{Maldoror}$$

NATURALEZA MUERTA*

Mi ciudad era la cuna
de los contadores de historias.
En la fuente que se nutría de las aguas
del viejo río que nadie jamás vio nacían las flores
    de papel colorido
en cuyo centro crecían las historias.

Cada historia se preparaba por años
para ser leída
se nutría de las migajas que dejaban los poetas
al lado de la senda vecina
del murmullo de las viejas lavanderas que se reunían
a la orilla de aquel río invisible
y de las palabras vacías que caían
en el fondo de esas aguas furtivas.

Los cuenteros se preparaban para la cosecha de las flores
Las nombraban y las clasificaban
Las podaban, las acicalaban,
las juntaban en manojos
las trenzaban en variadas formas
y salían por el mundo con las flores en su costado
reinventándolas de tanto en tanto
renombrándolas de cuando en vez.

Hasta que un día los hombres de mi ciudad
    (necios como dijo la monja)

---

* *Voces Nuevas*. Madrid: Ediciones Torremozas, 2014, 35-36.

olvidaron la historia del río que nadie jamás vio.
El olvido marchitó las flores
perdieron los colores y sus signos
y los cuenteros, al volver de sus viajes,
no encontraron más que basura en las calles
papeles en blanco y negro
apelmazados al lado de avenidas de cemento
que se instalaron sobre las aguas
del río que nadie jamás vio.

UN POEMA ENLOQUECIDO

Se balanceaba de un lado a otro
arrancando sus cabellos erizados.
El pobre poema enloquecido
se mecía como un barco
perdido en las entrañas de un titán.

Pobre poema enloquecido,
arrebatado del olvido,
desvalido, sin Creador a quién amar
sin amor a quién crear
sin ausencia qué reclamar.

DIBUJO*

Partió
casi desnuda
con el cuerpo recto
deformado por el Artífice
en curvas fantásticas.

Comprendió que no avanzaba,
y siguió marchando,
marchando... marchando...
hasta hundirse
en la luna desmesurada,
monstruosa en el papel carmesí.

Decidió borrarla, rehacerla, reinventarla
y entonces,
lo vio.
Ahí estaba el Artífice
en toda su rectitud.

* *Letras Femeninas*. Dec. /Ene., 2011-2012, 203-208.

ESCRITURA II

El soñador se fue diluyendo, afilándose líquidamente
hasta convertirse en un hilito fino
en un trazo, en escritura colorada y oscura. Pesada.

Se dejó llevar por este nuevo impulso
de libertad constreñida.
Se retorció, hizo piruetas y círculos alargados
que recordaban la caligrafía de un aprendiz de niño,
mientras su cuerpo se desvanecía en estrías, y en musarañas
y en trazos cada vez más firmes.

El espacio se hizo papiro y,
embriagado de su nuevo ser,
garabateó necedades hasta despuntar el alba.
Despertó sudoroso, los oídos zumbando,
la lengua pegajosa.
Ya no era más.

Lleno de un inmenso vacío,
enfrentó la aridez, el destierro
de la superficie blanca
y se resignó a la suerte de no ser sino la mano,
el pobre humano, detrás de la pluma.

Sus curvas, limitadas al movimiento de un único órgano,
se dolían de no ser uno con la voluptuosa rugosidad
del cuaderno de notas.

No era más que un escritor.
No era, ya, escritura.
No era más que un amasijo de carnes
condenado al olvido, muy a pesar de su obra.

MIEDO[*]

Miedo, miedo, miedo
Siempre tengo miedo
¿Al papel en blanco?
No. Miedo al otro
que escucha
y que soy yo misma.

* *Letras Femeninas*. Dec. /Ene., 2011-2012, 203-208.

INFIERNO ACÚFENO

—¿Cuándo fue la última vez que estuviste en esta prisión?
—¿Qué dices? Si no hemos dejado la prisión.

El zumbido continúa sin cesar
en el oído izquierdo.
Un demonio barroco
que huía del silencio
erigió en él su refugio eterno.

El ruido fantasmal es tu prisión
pulsante infierno
compañía discreta, mazmorra portátil
¿Por qué sigues haciéndome la misma pregunta,
demonio engreído?

SILENCIO

—¿Me ves?
—Aquí estoy.
—¿Me escuchas?
—Sí.
—Háblame.
—No.
No interrumpas mi andar
andar, andar, andar…

ÍNDICE